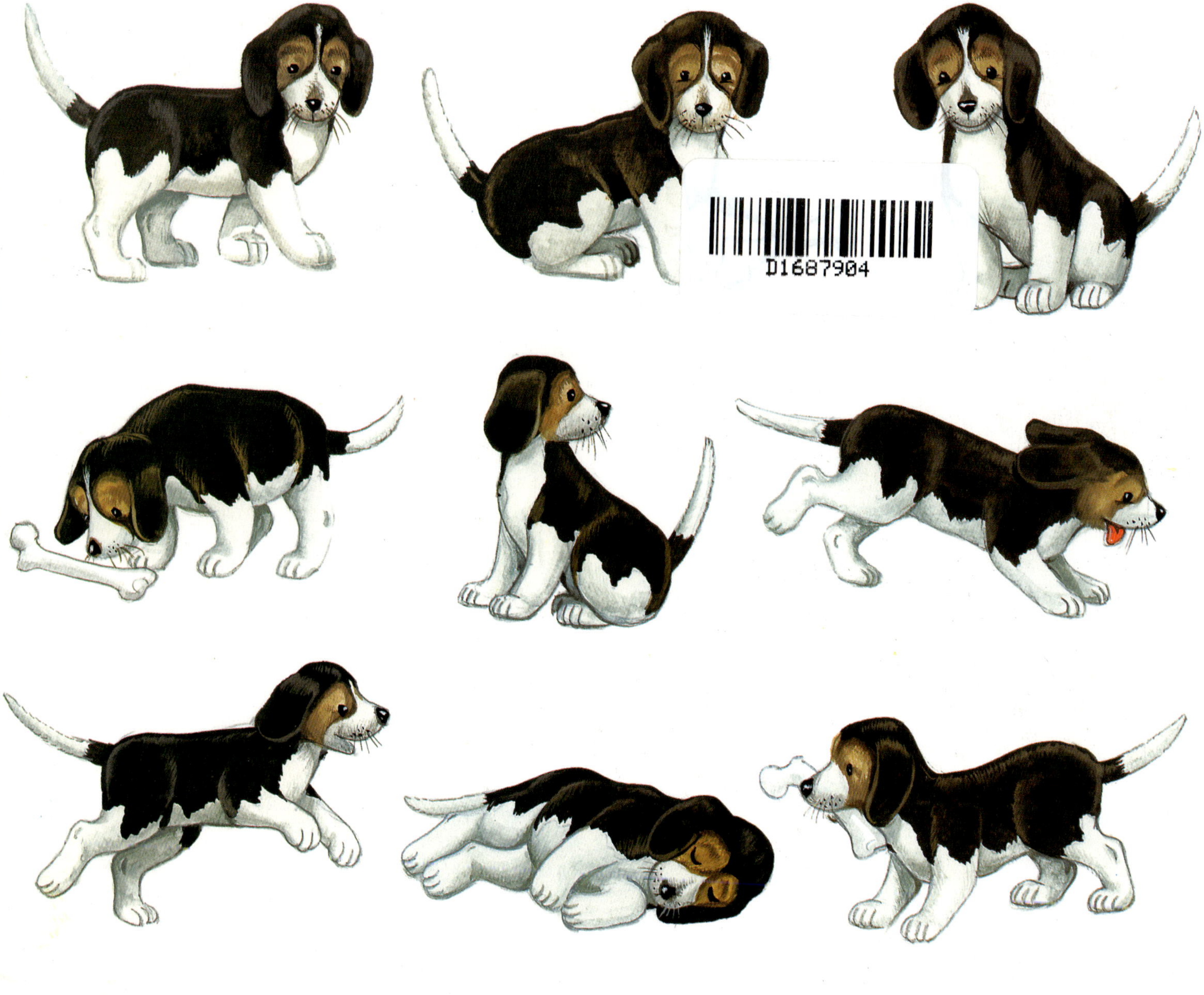

© 1996 Esslinger Verlag J. F. Schreiber, Postfach 285, 73703 Esslingen
Österreichischer Bundesverlag Wien
Alle Rechte vorbehalten. 1 2 3 4 5 (14342)
ISBN 3-215-13088-2

Leo Leckermaul

Erzählt von Angelika Lukesch

Gemalt von François Crozat

Esslinger

Leo war ein ziemlich kleiner Hund. Er wohnte in einer Hundehütte auf einem großen Bauernhof. Jeden Tag bekam Leo sein Fressen in einem roten Futternapf. Manchmal gab es Fleisch, manchmal Gemüse, Brot und verdünnte Milch.
Leo war ein richtiges Leckermaul.

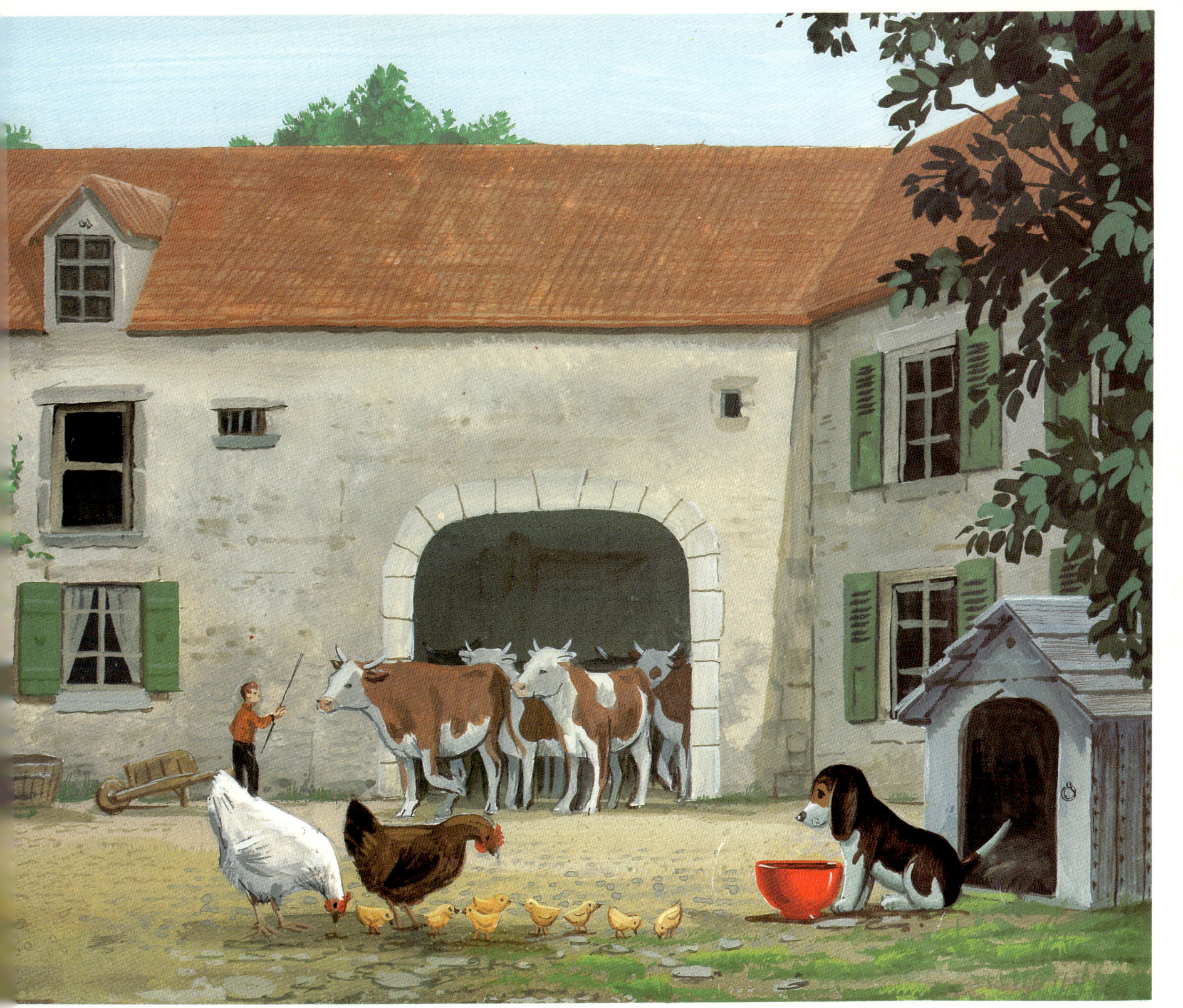

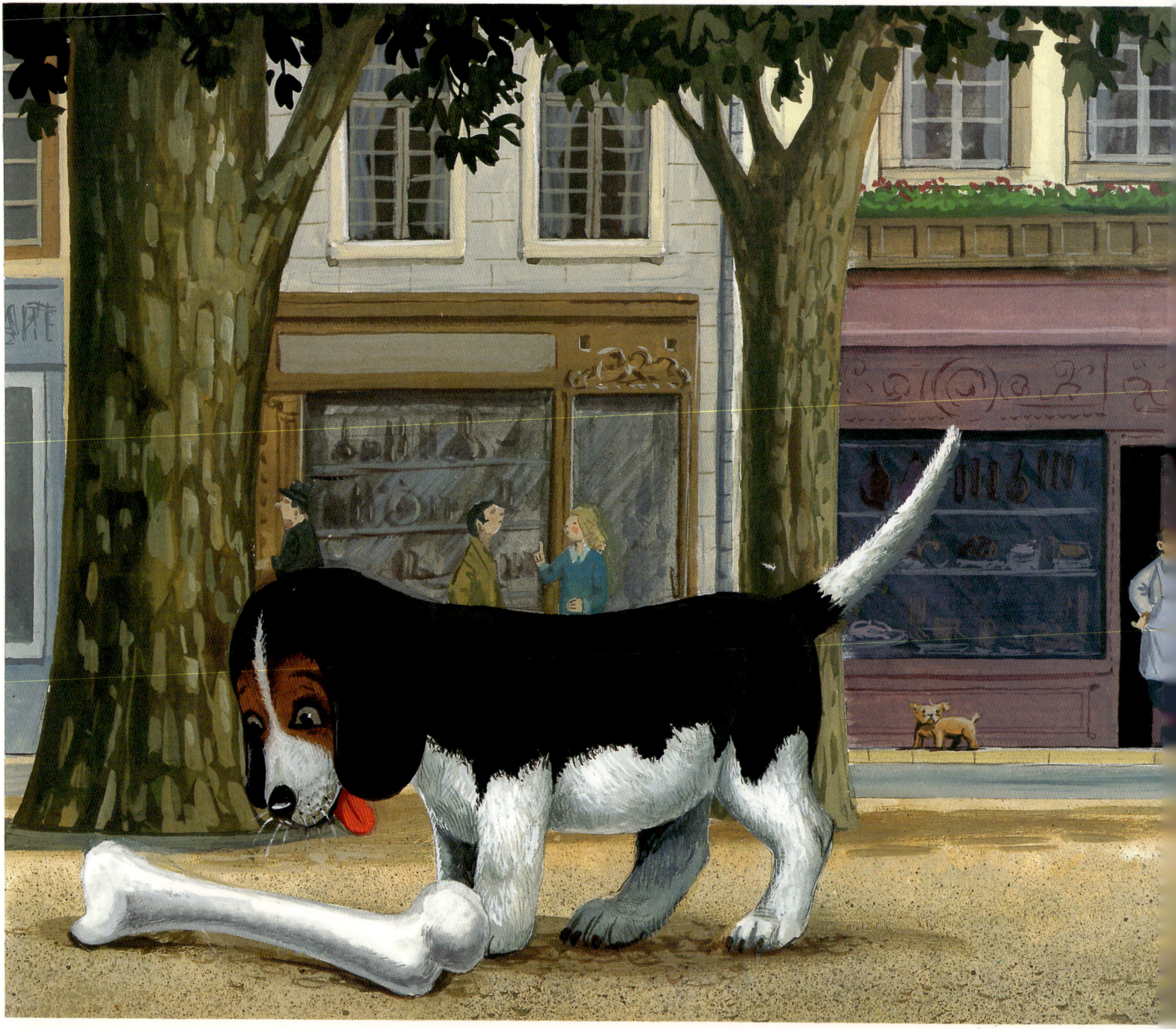

Eines Abends stolperte Leo bei seinem Spaziergang durch das Dorf über einen großen Knochen, der einfach köstlich roch. Den leckeren Knochen muß ich sofort verstecken, überlegte er. Sonst wirft ihn der Bauer morgen in die Mülltonne.
Leo nahm den Leckerbissen vorsichtig zwischen seine Zähne und trottete schnell davon.

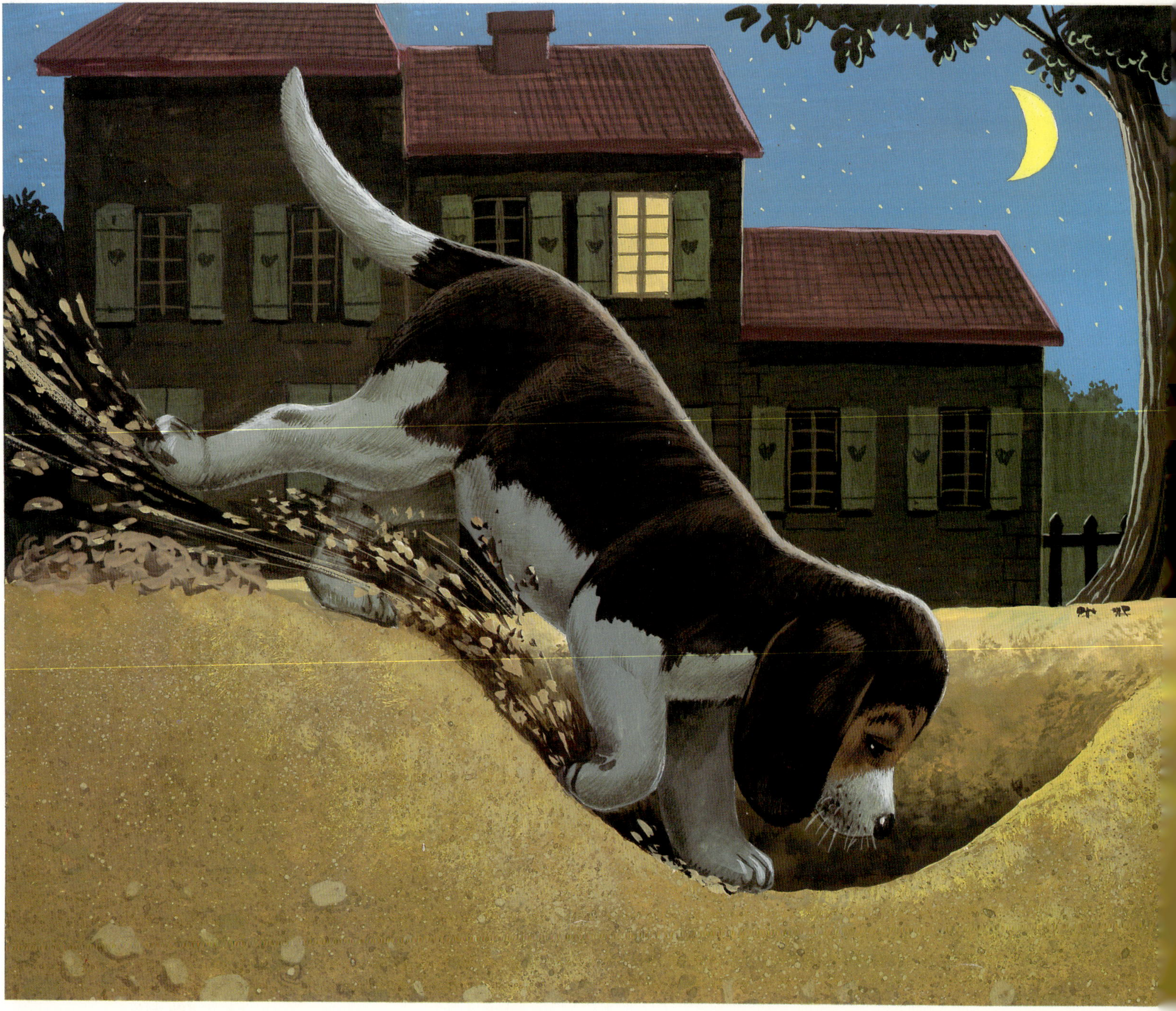

Lange suchte Leo nach einem sicheren Versteck für seinen Knochen. Plötzlich entdeckte er einen weichen, sandigen Platz. Genau in der Mitte buddelte er ein tiefes Loch und legte den Knochen liebevoll hinein. Schnell schaufelte er sein Versteck wieder zu und lief müde nach Hause. Zufrieden legte Leo den Kopf auf seine Pfoten. Endlich ist der Knochen in Sicherheit, dachte er bei sich.

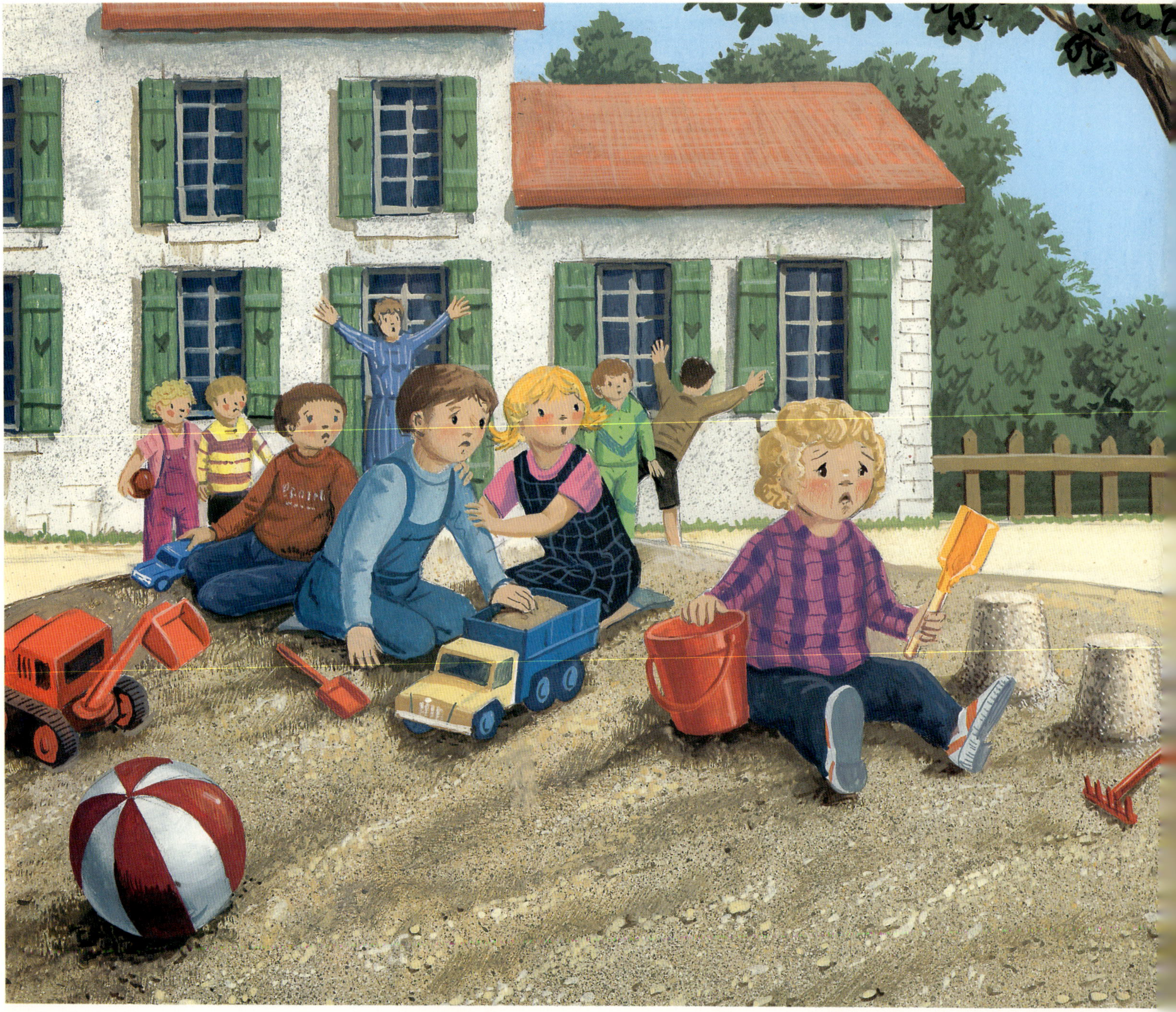

Am nächsten Morgen wollte Leo nach seinem Knochen sehen. Aber welch ein Schreck!
Auf dem Platz, wo er seinen Knochen verscharrt hatte, sprangen Kinder herum. Ein kleines Mädchen grub direkt neben Leos Versteck im Sand!
Leo bellte und knurrte aus Angst um seinen versteckten Knochen. Nun bekamen die Kinder Angst und liefen weg.
„So ein böser Hund", schrien sie. Als der Spielplatz leer war, legte Leo sich zufrieden auf die
Stelle, unter der sein Knochen versteckt war.

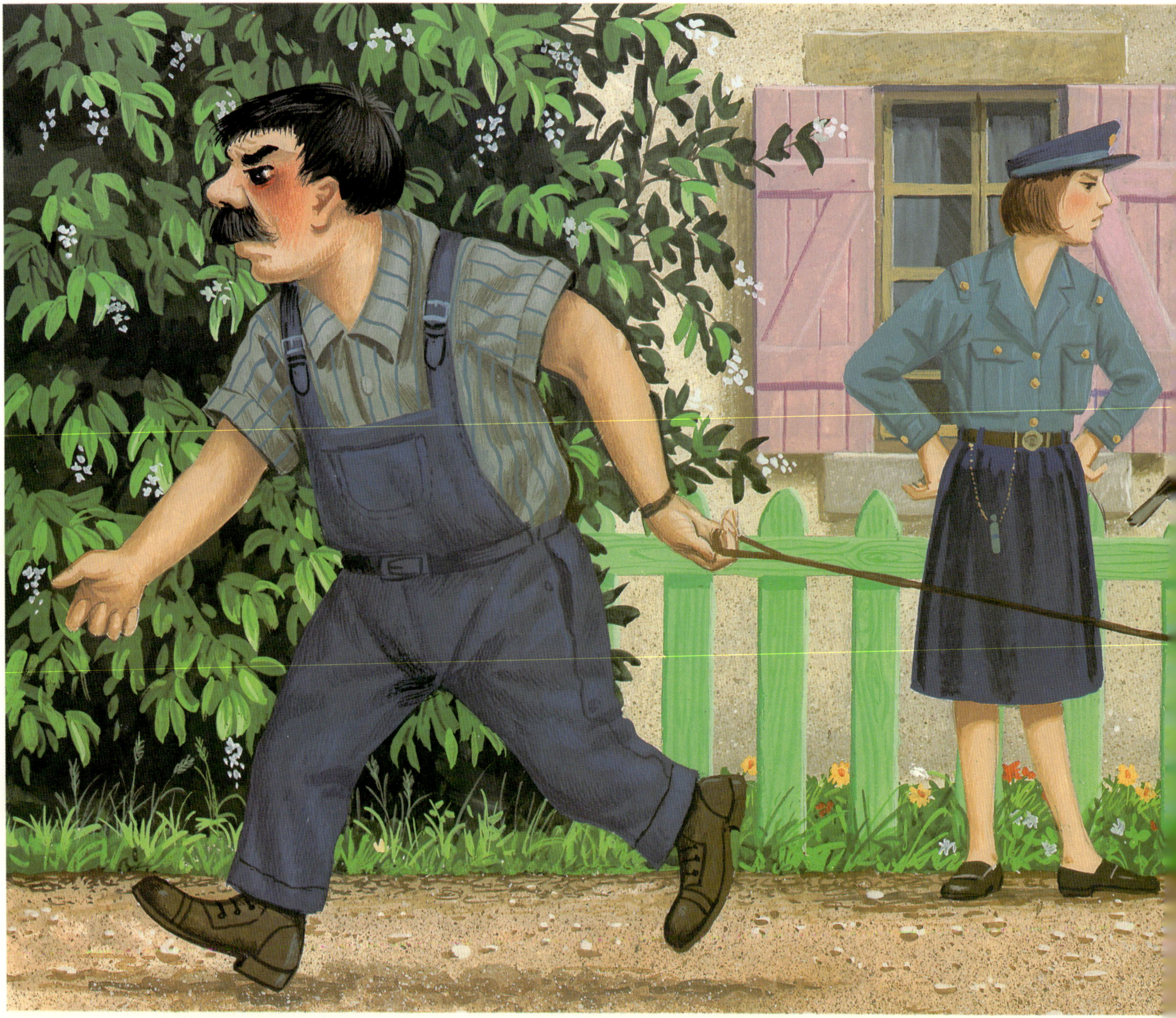

Bald kam der Bauer zusammen mit einer Polizistin.
„Sie müssen Ihren gefährlichen Hund anketten.
Er erschreckt ja die Kinder!"
Schuldbewußt nahm der Bauer Leo an die Leine und zerrte ihn nach Hause.
„Das machst du nie wieder", schimpfte ihn sein Herrchen.
Im Hof wurde Leo mit einer Kette an seiner Hundehütte festgemacht.
Wie aber sollte Leo nun seinen Knochen bewachen?
Er bellte und schüttelte sich und jaulte laut.
„Jetzt werden mir die Kinder den Knochen klauen", jammerte er.

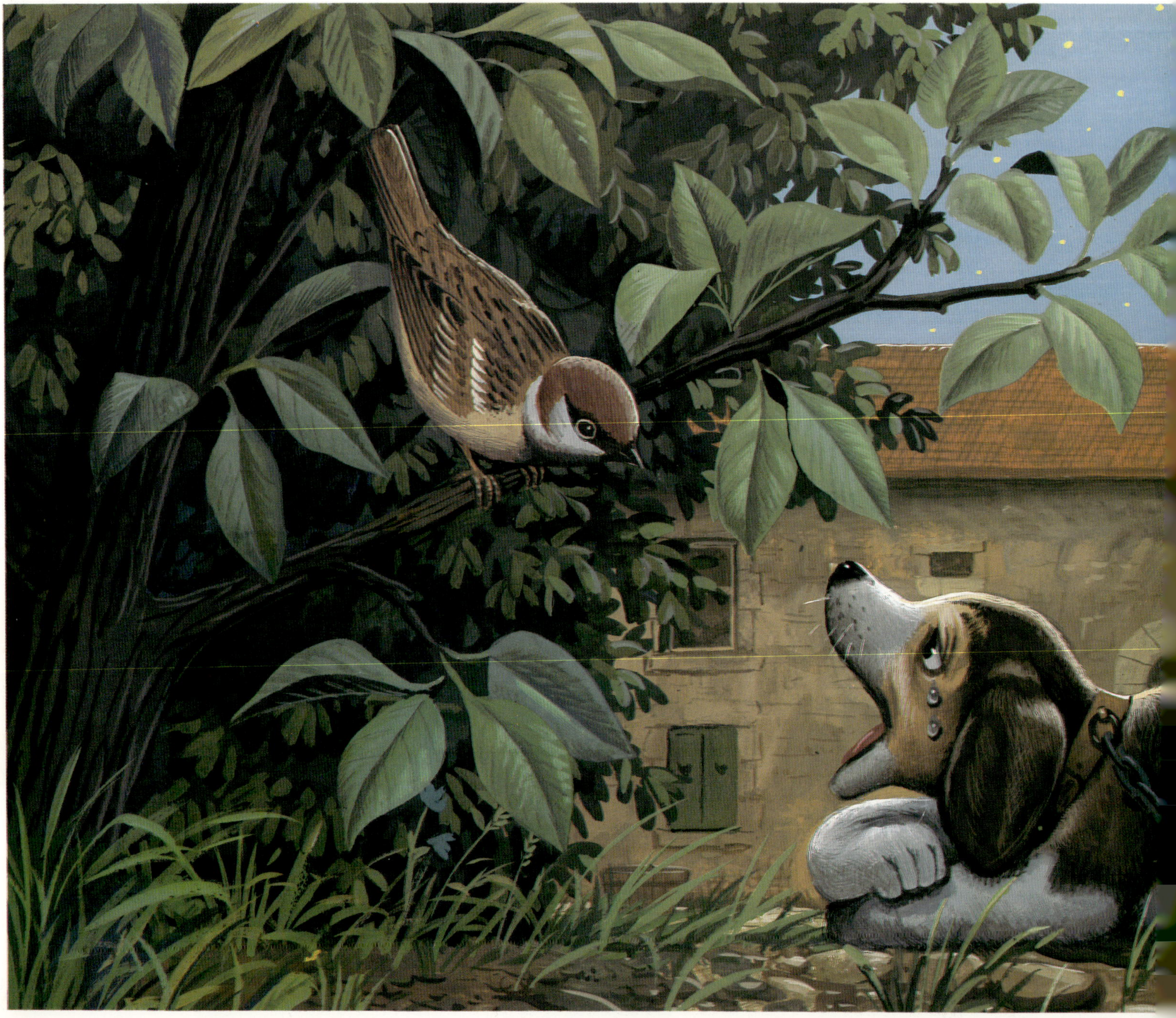

Leo jaulte und weinte bis spät in die Nacht. Bei dem Lärm konnte der kleine Spatz im Apfelbaum nicht schlafen.
„Was soll die Jammerei?" fragte er.
Traurig erzählte Leo sein ganzes Unglück.
Der Spatz hatte Mitleid mit ihm: „Ich will dir helfen!" versprach er und ließ sich den Weg zum Knochenversteck beschreiben.
Eifrig flog der kleine Vogel los.
Dort angekommen sah er auf den ersten Blick, daß Leo seinen Knochen mitten auf dem Spielplatz versteckt hatte.
So ein Pech!
Doch der kleine Spatz hatte eine Idee.

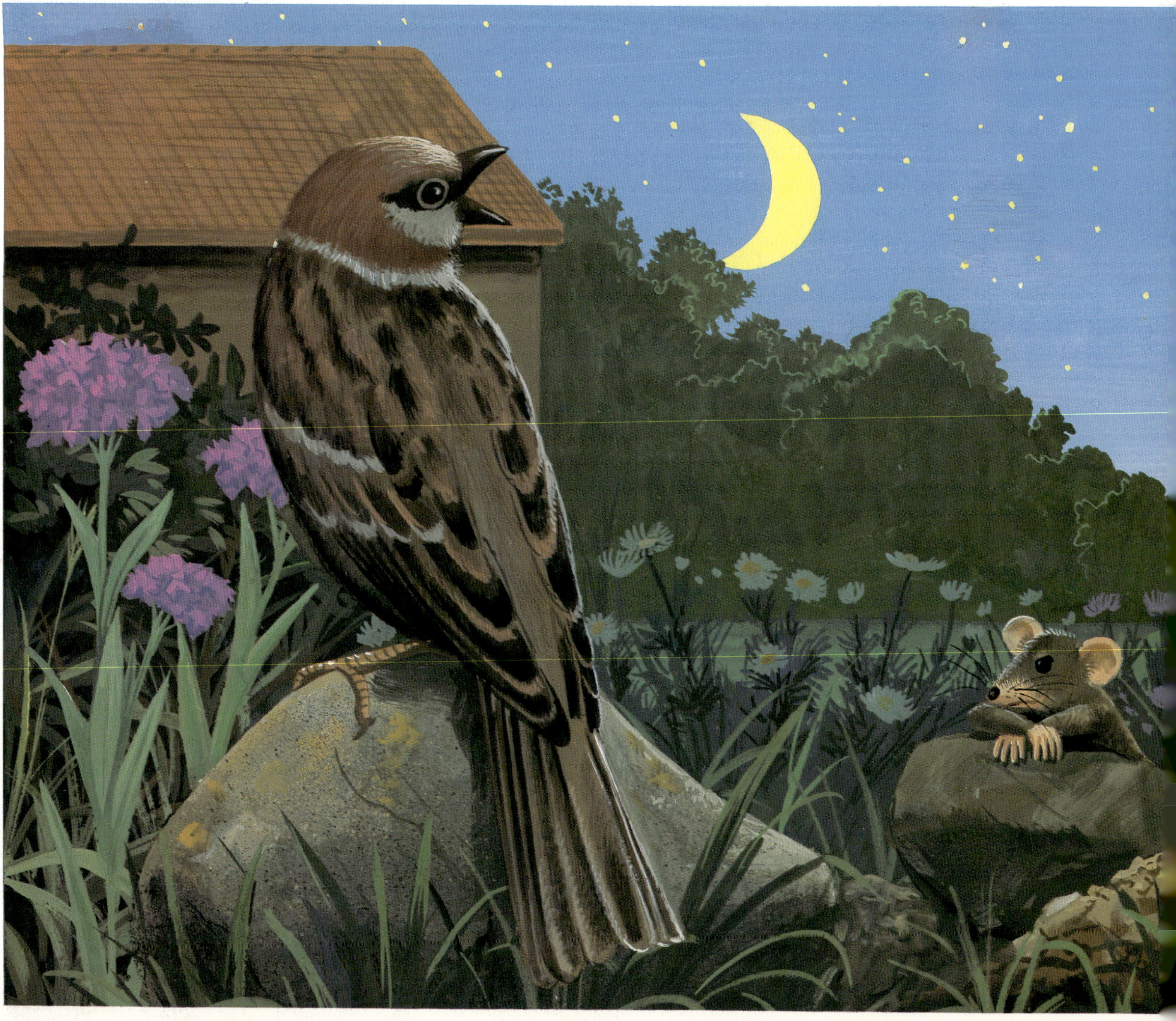

Genau hinter Leos Hundehütte wohnte der fleißige Maulwurf. Der muß uns helfen, dachte der Spatz und zwitscherte so laut, daß der Maulwurf herauskroch.
„Wir müssen Leo helfen, seinen Knochen in Sicherheit zu bringen", erklärte ihm der Spatz. „Der Knochen ist vergraben, und ich kann ihn alleine nicht rausholen."
Der Maulwurf nickte stumm.
„Wo soll ich wühlen?" fragte er.

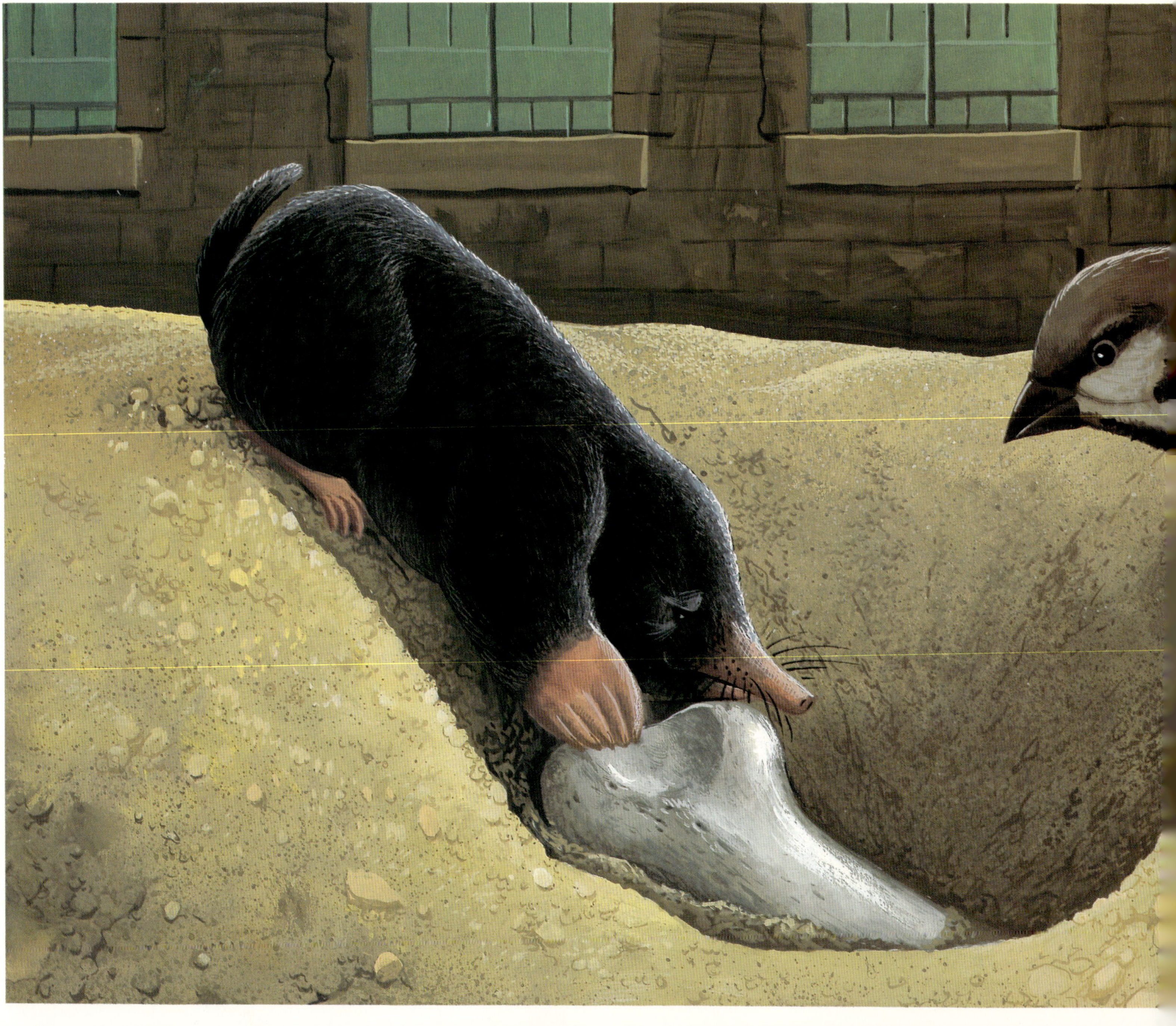

Im Schutz der Nacht machten sich beide auf den Weg zum Spielplatz. Um diese Uhrzeit war der Platz verlassen und leer. Der kleine Spatz landete auf Leos Versteck. „Hierher, Maulwurf. Bitte fang an zu graben!" flüsterte er. Leise begann der Maulwurf zu arbeiten. Schon bald tauchte der Knochen im Sand auf. Weiß schimmerte er im Mondenschein.

Aber wohin nun mit dem Knochen?
„Wir müssen ihn so verstecken, daß Leo sich nicht mehr sorgen muß", meinte der kleine Spatz. Der Maulwurf kratzte sich ratlos am Kopf.

„Ich weiß etwas", zwitscherte da der Spatz aufgeregt.
„Wir verstecken den Knochen in deinem Maulwurfshügel.
Einverstanden?" – Zusammen zogen die beiden den
großen Knochen bis hinter Leos Hundehütte.

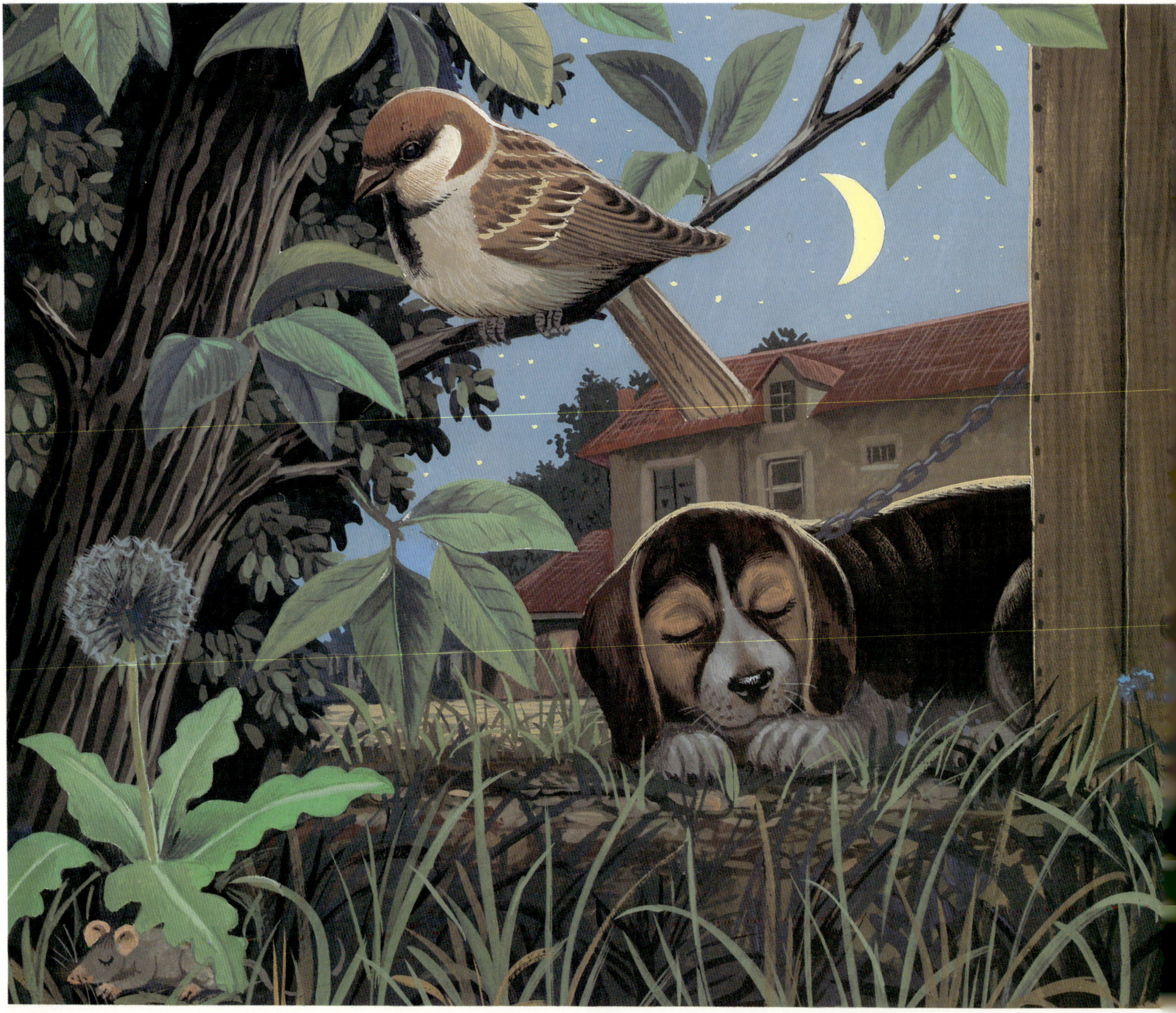

Leo traute seinen Augen nicht, als die beiden mit seinem Knochen daherkamen. „Dein Schatz ist gerettet", flüsterte ihm der Spatz vergnügt zu.

„Wir verstecken ihn im Maulwurfshügel hinter deiner Hütte. Immer wenn du deinen Knochen bewachst, wird der Bauer meinen, du vertreibst den Maulwurf!"

Leo nickte begeistert.

Schnell war der Knochen verbuddelt, und die drei Freunde gingen zufrieden schlafen.

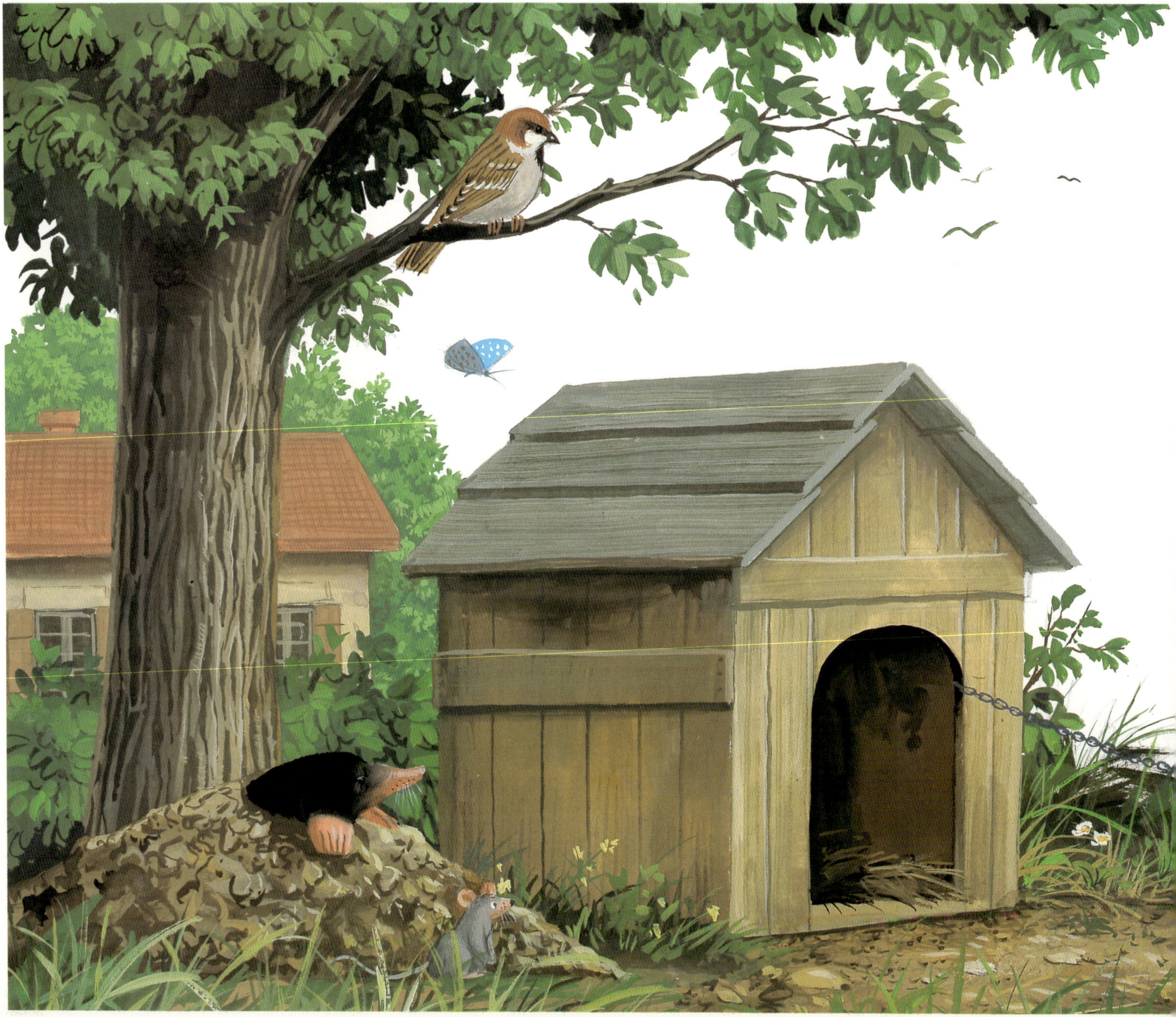

Am nächsten Morgen lag Leo brav vor seiner Hundehütte. Der Bauer brachte ihm das Frühstück.
„Bist du jetzt wieder brav?" fragte er freundlich und löste die Kette.

Leo sprang mit einem Satz hinter die Hundehütte und setzte sich knurrend auf den Maulwurfshügel. Da sagte der Bauer erfreut: „Brav, Leo! Den Maulwurf wollte ich schon lange loswerden."
Leo war glücklich. Endlich war sein köstlicher Schatz in Sicherheit.

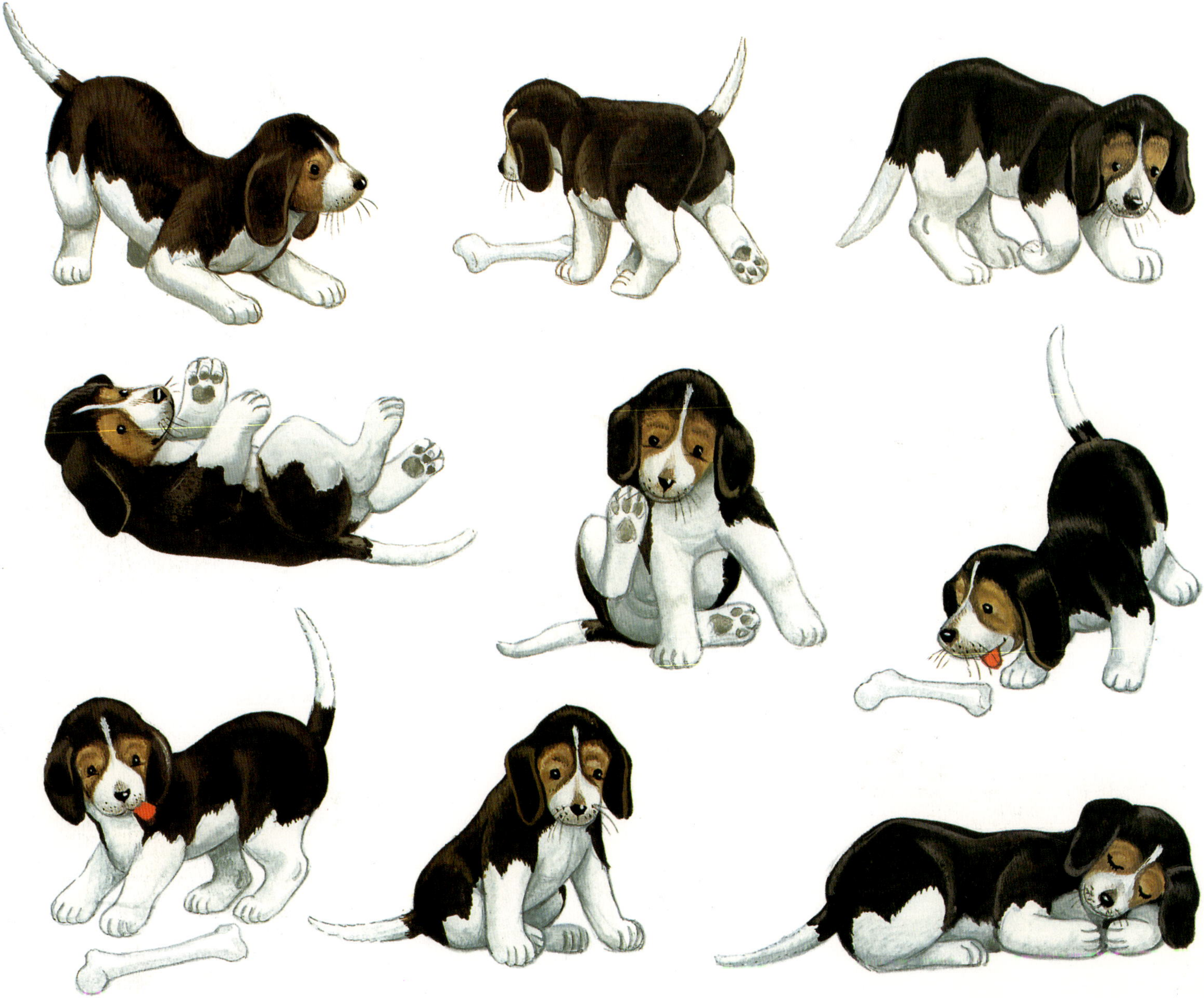